NEO BOOKS

NURSERY RHYMES

IN IGBO & ENGLISH

EGWU ÚMÚAKA NA BEKEE
MA N'ASUSU IGBO

TABLE OF CONTENTS

THE WHEELS ON THE BUS

The wheels on the bus go
round and round
Round and round, round and round
The wheels on the bus go
round and round
All through the town

The wipers on the bus go
"Swish, swish, swish,
Swish, swish, swish, swish, swish, swish"
The wipers on the bus go
"Swish, swish, swish"
All through the town.

The people on the bus go,
"Chat, chat, chat,
chat, chat, chat, chat chat, chat
The people on the bus go,
"Chat, chat, chat
All through the town.

The horn on the bus go "Beep, beep, beep
Beep, beep, beep, beep, beep, beep"
The horn on the bus go
"Beep, beep, beep"
All through the town.

The baby on the bus go, "Wah, wah, wah!
Wah, wah, wah, wah, wah, wah!"
The baby on the bus go, "Wah, wah, wah!"
All through the town.

The mummy on the bus go,
"Ssss sh, ssss sh, ssss sh,
Ssss sh, ssss sh, ssss sh
The mummy on the bus go,
"Ssss sh, ssss sh, ssss sh"
All through the town.

The wheels on the bus go
round and round
Round and round, round and round
The wheels on the bus go
round and round
All through the town.

TAYA NỌ N'ỤGBỌ ALA

Taya nọ n'ụgbo ala na agba gburu gburu,
gburu gburu, gburu gburu.
Taya nọ n'ụgbọ ala na agba gburu gburu
n'obodo niile.

ihe nhichapụ nmiri nọ na ugbọala n' aga
"swish, swish, swish, swish, swish, swish,
swish, swish, swish"
ihe nhichapụ nmiri nọ na ugbọala n' aga
"swish, swish, swish"
n'obodo niile.

ndị mmadụ nọ n'ụgbọ ala na - akpa
"nkata, nkata, nkata, nkata, nkata, nkata,
nkata, nkata, nkata,"
ndị mmadụ nọ n'ụgbọ ala na -akpa nkata,
nkata, nkata,
n'obodo niile.

opi nọ n'ụgbọ ala n'ada "pii, pii, pii, pii, pii,
pii, pii, pii, pii"
opi nọ n'ụgbọ ala n'ada pii, pii, pii,
n'obodo niile.

Nwantakịrị nọ n'ugbọ ala n'ebe "wah, wah,
wah, wah, wah, wah, wah, wah,wah,"
Nwantakịrị nọ n'ugbọ ala n'ebe wah,
wah, wah,
n'obodo niile.

Onye nne nọ n' ugbo ala n'si " ssss sh,
ssss sh, ssss sh, ssss sh, ssss sh, ssss sh,"
Onye nne nọ n' ugbo ala n'si ssss sh,
ssss sh, ssss sh,
n'obodo niile.

Taya nọ n'ụgbo ala na agba gburu gburu,
gburu gburu, gburu gburu
Taya nọ n'ụgbo ala na agba gburu gburu,
n'obodo niile.

THERE WAS AN OLD WOMAN WHO LIVED IN A SHOE

There was an old woman
who lived in a shoe.

She had so many children,
she didn't know what to do;

She gave them some broth
without any bread;

Then whipped them all soundly
and put them to bed.

E NWERE OTU AGADI NWANYỊ NKE BI N'AKPỤKPỌ ỤKWỤ

E nwere otu agadi nwanyị
nke bi n'akpụkpọ ụkwụ.
O nwere ọtụtụ ụmụaka,
ọ maghi ihe ọga eme
o nyere ha mmiri anụ
ma na o nyeghi ha achịcha;
emesịa ọ pịa ha ụtalị
sị ha gaa lakpuo.

THIS OLD MAN

1. This old man, he played one,
He played knick-knack on my thumb;
With a knick-knack paddywhack,
Give the dog a bone,
This old man came rolling home.

2. This old man, he played two,
He played knick-knack on my shoe;
With a knick-knack paddywhack,
Give the dog a bone,
This old man came rolling home.

3. This old man, he played three,
He played knick-knack on my knee;
With a knick-knack paddywhack,
Give the dog a bone,
This old man came rolling home.

4. This old man, he played four,
He played knick-knack on my door;
With a knick-knack paddywhack,
Give the dog a bone,
This old man came rolling home.

5. This old man, he played five,
He played knick-knack on my hive;
With a knick-knack paddywhack,
Give the dog a bone,
This old man came rolling home.

6. This old man, he played six,
He played knick-knack on my sticks;
With a knick-knack paddywhack,
Give the dog a bone,
This old man came rolling home.

7. This old man, he played seven,
He played knick-knack up in heaven;
With a knick-knack paddywhack,
Give the dog a bone,
This old man came rolling home.

8. This old man, he played eight,
He played knick-knack on my gate;
With a knick-knack paddywhack,
Give the dog a bone,

9. This old man came rolling home.
This old man, he played nine,
He played knick-knack on my spine;
With a knick-knack paddywhack,
Give the dog a bone,
This old man came rolling home.

10. This old man, he played ten,
He played knick-knack once again;
With a knick-knack paddywhack,
Give the dog a bone,
This old man came rolling home.

AGADI NWOKE A

Agadi nwoke a, gwuru egwu otu, o gwuru egwu knick - knack na mkpịsị aka m; so kwa na knick-knack paddywhack,

Nye nkita ahụ okpụkpụ,

agadi nwoke a tụgharịa wee lọta n'ụlọ.

Agadi nwoke a, gwuru egwu abụọ, o gwuru egwu knick - knack na akpụkpụ ukwụ m ; so kwa na knick-knack paddywhack,

Nye nkita ahụ okpụkpụ,

agadi nwoke a tụgharịa wee lọta n'ụlọ.

Agadi nwoke a, gwuru egwu atọ, o gwuru egwu knick - knack n'ikpere m; so kwa na knick-knack paddywhack, Nye nkita ahụ okpụkpụ,

agadi nwoke a tụgharịa wee lọta n'ụlọ.

Agadi nwoke a, gwuru egwu anọ, o gwuru egwu knick - knack na ọnụ ụzọ m; so kwa knick-knack paddywhack, Nye nkita ahụ okpụkpụ,

agadi nwoke a tụgharịa wee lọta n'ụlọ.

Agadi nwoke a, gwuru egwu ise, o gwuru egwu knick - knack n'ụlọ añụ m; so kwa na knick-knack paddywhack, Nye nkita ahụ okpụkpụ,

agadi nwoke a tụgharịa wee lọta n'ụlọ.

Agadi nwoke a, gwuru egwu isii, o gwuru egwu knick - knack n' osisi m; so kwa na knick-knack paddywhack, Nye nkita ahụ okpụkpụ,

agadi nwoke a tụgharịa wee lọta n'ụlọ.

Agadi nwoke a, gwuru egwu asaa o gwuru egwu knick - knack n'eligwe; so kwa na knick-knack paddywhack, Nye nkita ahụ okpụkpụ,

agadi nwoke a tụgharịa wee lọta n'ụlọ.

THREE BLIND MICE

Three blind mice. Three blind mice.
See how they run. See how they run.
They all ran after the farmer's wife,
Who cut off their tails with a carving knife,
Did you ever see such a sight in your life,
As three blind mice?

OKE ATỌ KPURU ÌSÌ

Oke atọ kpuru ìsì, Oke atọ kpuru ìsì.
Lee ka ha si agba ọsọ. Lee ka ha si agba ọsọ,
Ha niile gbara ọsọ gbakwuru nwunye onye
Ọkọ ugbo nke jiri nma ya gbupu ọdụ ha.
Ị hụtụgo ụdịrị ihe dị otua n'ndụ gi?
Ka oke atọ kpuru ìsì.

THREE LITTLE KITTENS

1. Three little kittens
they lost their mittens,
And they began to cry,
Oh, mother dear, we sadly fear
Our mittens we have lost.

2. What! lost your mittens,
you naughty kittens!
Then you shall have no pie.
Mee-ow, mee-ow, mee-ow.
No, you shall have no pie.
The three little kittens
they found their mittens,

3. And they began to cry,
Oh, mother dear, see here, see here,
Our mittens we have found!

Put on your mittens, you silly kittens,
And you shall have some pie.
Purr-r, purr-r, purr-r,

4. Oh, let us have some pie.
The three little kittens
put on their mittens,
And soon ate up the pie;
Oh, mother dear, we greatly fear
Our mittens we have soiled.
What! soiled your mittens,
you naughty kittens!
Then they began to sigh,
Mee-ow, mee-ow, mee-ow.

5. Then they began to sigh.
The three little kittens
they washed their mittens,

6. And hung them out to dry;
Oh! mother dear, do you not hear,
Our mittens we have washed!
What! washed your mittens,
then you're good kittens,

7. But I smell a rat close by.
Mee-ow, mee-ow, mee-ow.
We smell a rat close by.

NWA BUSU ATỌ

Nwa busu atọ,
Ha tufuru onyi ha,
Ha bido bewa akwa.
Oh, Nne anyi ọma, obi adighi anyi mma,
Ihe onyi anyi efugo. gịnị?

Onyinye unu efugo,
Umu isi ike,
Nke a pụtara unu agaghi ata achịcha.
Mee-ow, mee-ow, mee-ow.
Mba unu agaghi ata achịcha.

Obere ụmụ busi ahụ
Wee hụ onyiye ha,
Ha wee bewa akwa si,
Oh, Nne anyi, lee ya lee ya,
Anyi ahụgo ihe onyi anyi,

Yiri ihe onyi unu ụmụ isi ike,
Ka ụnụ taa achicha.
Purr-r, purr-r, purr-r,

Oh, ka anyi taa achicha anyi,
Obere busu atọ ahu nwe yiri ihe onyi ha
ma taa achịca ha,
Oh Nne anyi ọma anyi emetọgo ihe onyi
anyi.
Gini emetọgo gini unu,
ụmụ ụchụ, ha bido
Mewa mee-ow, mee-ow, mee-ow.

Obere busu atọ ahu sara ihe onyi ha wee
Gbasa ya ka o wee kpọ,
Oh Nne ọma anyi iñughi?
Na anyi sara lhe onyi anyi.

Gini! sara ihe onyi unu,
Ya bụ na unu bu ezigbo busu,
Kama a na m añu isi oke n'ebe ndi nso,
Mee-ow, mee-ow, m ee-ow.wee

TWINKLE TWINKLE
LITTLE STAR

Twinkle, twinkle, little star,
How I wonder what you are.
Up above the world so high,
Like a diamond in the sky.

MUKE MUKE OBERE KPAKPANDO

Muke muke obere kpakpando,
Ana m eche ihe ịbụ.
N'elu uwa dị oke elu,
Dika dayamọnd dị na elu igwe.

TWO LITTLE
DICKIE BIRDS

Two little black birds,
Sitting on a wall;
One named Peter,
One named Paul.
Fly away Peter!
Fly away Paul!
Come Back Peter!
Come Back Paul!

OBERE NÑỤÑỤ ABỤỌ

Obere nñụñụ abụọ di oji,
Nọ ọdụ n'elu mgbidi.
Aha otu bụ peter,
Nke ọzọ bụ paul.
Fepụ Peter,
Fepụ Paul,
Biaghachi Peter
Biaghachi Paul
Soro m nọdụ n'elu mgbidi

YANKEE DOODLE WENT TO TOWN

Yankee Doodle went to town
A-riding on a pony,
Stuck a feather in his cap
And called it macaroni'.

YANKEE DOODLE

Yankee Doodle gara mba ọ na -
añya n'elu nyiñya,
O tinyere abụba na okpu
Ya ma kpọ ya macaroni.

EARLY TO BED

Early to bed and early to rise
Makes a man, healthy,
wealthy and wise.

LNAKPUO N'OGE

Inakpuo n'oge na itetaa n'oge na
eme nmadụ ka onwe ahuike,
baa ọgaranya ma nwekwa akọ na uche.

OH WHERE, OH WHERE, HAS MY LITTLE DOG GONE

Oh where, oh where has my little dog gone?
Oh where, oh where can he be?
With his ears cut short and his tail cut long,
Oh where, oh where can he be?

EBEE! EBEE! KA OBERE NKITA M GARA

Ebee! Ebee! Ka obere nkita m gara?
Ebee! Ebee! Ka ọga anọ?
Na nti ya ebebiri obere na ọdụ ya ebebiri ogologo.
Ebee ebee ka ọga anọ.

HEAD, SHOULDERS, KNEES AND TOES

Head, Shoulders, Knees and Toes
Head, shoulders, knees and toes,
Knees and toes.
Head, shoulders, knees and toes,
Knees and toes.
And eyes and, ears and, mouth and nose.
Head, shoulders, knees and toes,
Knees and toes.

ISI, UBU, IKPERE NA MKPỊSỊ ỤKWỤ

Isi, ubu, ikpere na mkpịsị ụkwụ,
Ikpere na mkpịsị ụkwụ
Isi, ubu, ikpere na mkpịsị ụkwụ,
Ikpere na mkpịsị ụkwụ
Na anya, na ntị,
Na ọnụ na imi.
Isi, ubu, ikpere na mkpịsị ụkwụ,
Ikpere na mkpịsị ụkwụ.

ONE LITTLE FINGER

1. One little finger, one little finger,
two little fingers. Tap tap tap.
Point to the ceiling.
Point to the floor.

2. Put it on your head. Head!
One little finger, one little finger,
two little fingers. Tap tap tap.
Point to the ceiling.
Point to the floor.

3. Put it on your chest. Chest!
One little finger, one little finger,
two little fingers. Tap tap tap.
Point to the ceiling.
Point to the floor.

4. Put it on your arm. Arm!
One little finger, one little finger,
two little fingers. Tap tap tap.
Point to the ceiling.
Point to the floor.

5. Put it on your tummy. Tummy!
One little finger, one little finger,
two little fingers. Tap tap tap.
Point to the ceiling.
Point to the floor.

6. Put it on your leg. Leg!
One little finger, one little finger,
two little fingers. Tap tap tap.
Point to the ceiling.
Point to the floor.

7. Put it on your foot. Foot!
One little finger, one little finger,
two little fingers. Tap tap tap.
Point to the ceiling.
Point to the floor.
Now lets say goodbye. Byeeee!

OTU OBERE MKPỊSỊ AKA

Otu obere mkpịsị aka
otu obere mkpịsị aka
mkpịsị aka abụọ.
tap ɬap tap
tụọ n'uko elu, tụọ n'uko ala
tinye ya n'isi gi. isi
otu obere mkpịsị aka
otu obere mkpịsị aka
mkpịsị aka abụọ.
tap ɬap tap
tụọ n'uko elu, tụọ n'uko ala
tinye ya n'obi gi. obi

otu obere mkpịsị aka
otu obere mkpịsị aka
mkpịsị aka abụọ.
tap ɬap tap
tụọ n'uko elu, tụọ n'uko ala
tinye ya n'ogwe aka gi.ogwe aka.

otu obere mkpịsị aka
otu obere mkpịsị aka
mkpịsị aka abụọ.
tap ɬap tap
tụọ n'uko elu, tụọ n'uko ala
tinye ya n'afọ gi. afọ
otu obere mkpịsị aka
otu obere mkpịsị aka
mkpịsị aka abụọ.
tap ɬap tap
tụọ n'uko elu, tụọ n'uko ala,tinye ya n'ọkpa gi. ọkpa

otu obere mkpịsị aka
otu obere mkpịsị aka
mkpịsị aka abụọ.
tap ɬap tap
tụọ n'uko elu, tụọ n'uko ala
tinye ya n'ụkwụ gi.ụkwụ.

otu obere mkpịsị aka
otu obere mkpịsị aka
mkpịsị aka abụọ.
tap ɬap tap
tụọ n'uko elu, tụọ n'uko ala
ka-anyi si ka emesia.

FINGER FAMILY

Daddy finger, daddy finger
where are you?
Here I am
here I am
How do you do?

Mommy finger, mommy finger
where are you?
Here I am, here I am
How do you do?

Brother finger, brother finger,
where are you?
Here I am, here I am
How do you do?

Sister finger, sister finger
where are you?
Here I am, here I am
How do you do?

Baby finger, baby finger
where are you?
Here I am, here I am
How do you do?

EZINAULO MKPỊSỊ AKA

Nna mkpịsị aka,
Nna mkpịsị aka ole ebe inọ.
Anọ m n'eba, anọ m n'eba
Kedu ka imere?

Nne mkpịsị aka,
Nne mkpịsị aka, ole ebe inọ.
Anọ m n'eba, anọ m n'eba
Kedu ka imere?

Nwanne nwoke mkpịsị aka,
nwanne nwoke mkpịsị aka,
ole ebe inọ?
Anọ m n'eba, anọ m n'eba
Kedu ka imere?

Nwanne nwanyi mkpịsị aka,
nwanne nwanyi mkpịsị aka,
ole ebe inọ?
Anọ m n'eba, anọ m n'eba
Kedu ka imere?

Obere nwa mkpịsị aka,
obere nwa mkpịsị aka,
ole ebe inọ?
Anọ m n'eba, anọ m n'eba
Kedu ka imere?

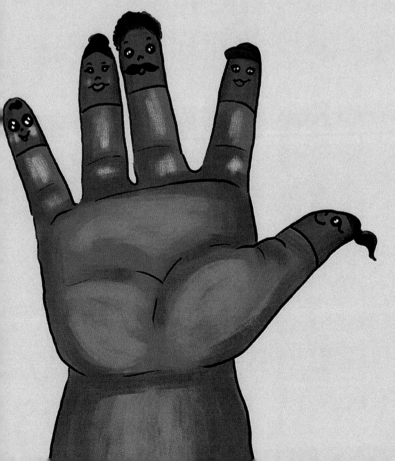

BABY SHARK

1. Baby shark, doo doo doo doo doo doo
Baby shark, doo doo doo doo doo doo
Baby shark, doo doo doo doo doo doo
Baby shark, doo doo doo doo doo doo
Baby shark!

2. Mommy shark, doo doo doo doo doo doo
Mommy shark, doo doo doo doo doo doo
Mommy shark, doo doo doo doo doo doo
Mommy shark!

3. Daddy shark, doo doo doo doo doo doo
Daddy shark, doo doo doo doo doo doo
Daddy shark, doo doo doo doo doo doo
Daddy shark!

4. Grandma shark, doo doo doo doo doo doo
Grandma shark, doo doo doo doo doo doo
Grandma shark, doo doo doo doo doo doo
Grandma shark!

5. Grandpa shark, doo doo doo doo doo doo
Grandpa shark, doo doo doo doo doo doo
Grandpa shark, doo doo doo doo doo doo
Grandpa shark!

6. Let's all dance, doo doo doo doo doo doo
Let's all dance, doo doo doo doo doo doo
Let's all dance, doo doo doo doo doo doo
Let's all dance!

7. Let's all jump, doo doo doo doo doo doo
Let's all jump, doo doo doo doo doo doo
Let's all jump, doo doo doo doo doo doo
Let's all jump!

8. Let's have fun, doo doo doo doo doo doo
Let's have fun, doo doo doo doo doo doo
Let's have fun, doo doo doo doo doo doo
Let's have fun!

9. Let's all play, doo doo doo doo doo doo
Let's all play, doo doo doo doo doo doo
Let's all play, doo doo doo doo doo doo
Let's all play!

10. Wave your arms, doo doo doo doo doo doo
Wave your arms, doo doo doo doo doo doo
Wave your arms, doo doo doo doo doo doo
Wave your arms!
It's the end, doo doo doo doo doo doo
It's the end, doo doo doo doo doo doo
It's the end, doo doo doo doo doo doo.

OBERE NWA SHARK

Obere nwa, shark doo doo doo doo doo doo
Obere nwa, shark doo doo doo doo doo doo
Obere nwa, shark doo doo doo doo doo doo
Obere nwa shark!

Nne shark, doo doo doo doo doo doo
Nne shark, doo doo doo doo doo doo
Nne shark, doo doo doo doo doo doo
Nne shark!

Nna shark, doo doo doo doo doo doo
Nna shark, doo doo doo doo doo doo
Nna shark, doo doo doo doo doo doo
Nna shark!

Nnenne shark, doo doo doo doo doo doo
Nnenne shark, doo doo doo doo doo doo
Nnenne shark, doo doo doo doo doo doo
Nnenne shark!

Nnenna shark, doo doo doo doo doo doo
Nnenna shark, doo doo doo doo doo doo
Nnenna shark, doo doo doo doo doo doo.
Nnenna shark.

Ka anyi gba egwu, doo doo doo doo doo doo.
Ka anyi gba egwu, doo doo doo doo doo doo.
Ka anyi gba egwu, doo doo doo doo doo doo.
Ka anyi gba egwu! doo doo doo doo doo doo
Ka anyi gba egwu! doo doo doo doo doo doo
Ka anyi gba egwu! doo doo doo doo doo doo
Ka anyi gba egwu!

Ka anyi niile gwu egwu, doo doo doo doo doo
Ka anyi niile gwu egwu, doo doo doo doo doo
Ka anyi niile gwu egwu, doo doo doo doo doo,
Ka anyi niile gwu egwu!

Fee aka gi, doo doo doo doo doo doo
Fee aka gi, doo doo doo doo doo doo
Fee aka gi, doo doo doo doo doo doo
Ọ gwu go, doo doo doo doo doo doo
Ọ gwu go, doo doo doo doo doo doo
Ọ gwu go, doo doo doo doo doo doo.

PEEKABOO

Peekaboo! Peekaboo! Peekaboo!
Peekaboo! Peekaboo! Peekaboo!
I see you!

Where is Sister? Where is Sister?
Where is Sister?
Peekaboo!
Where is Sister? Where is Sister?
I see you!

Where is Brother? Where is Brother?
Where is Brother?
Peekaboo!
Where is Brother? Where is Brother?
I see you!
It's the end!

Where is Baby? Where is Baby?
Where is Baby?
Peekaboo!
Where is Baby? Where is Baby?
I see you!

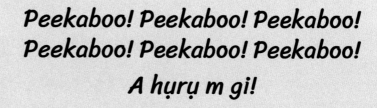

PEEKABOO

Peekaboo! Peekaboo! Peekaboo!
Peekaboo! Peekaboo! Peekaboo!
A hụrụ m gi!

Ebe ka nwanne nwanyi nọ?
Ebe ka nwanne nwanyi nọ?
Ebe ka nwanne nwanyi nọ?
Peekaboo!
Ebe ka nwanne nwanyi nọ?
Ebe ka nwanne nwanyi nọ?
A hụrụ m gi!

Ebe ka nwanne nwoke nọ?
Ebe ka nwanne nwoke nọ?
Ebe ka nwanne nwoke nọ?
Peekaboo!
Ebe ka nwanne nwoke nọ?
Ebe ka nwanne nwoke nọ?
A hụrụ m! ọ gwụ go!

Ebe ka obere nwa nọ?
Ebe ka obere nwa nọ?
Ebe ka obere nwa nọ?
Peekaboo!
Ebe ka obere nwa nọ?
Ebe ka obere nwa nọ?
A hụrụ m gi!

33

FIVE LITTLE MONKEYS

Five little monkeys jumping on the bed,
One fell down and bumped his head,
Mama called the doctor and the doctor said,
No more monkeys jumping on the bed!

Four little monkeys jumping on the bed,
One fell down and bumped his head,
Mama called the doctor and the doctor said,
No more monkeys jumping on the bed!

Three little monkeys jumping on the bed,
One fell down and bumped her head,
Mama called the doctor and the doctor said,
No more monkeys jumping on the bed!

Two little monkeys jumping on the bed,
One fell down and bumped his head,
Mama called the doctor and the doctor said,
No more monkeys jumping on the bed!

One little monkey jumping on the bed,
She fell down and bumped her head,
Mama called the doctor and the doctor said,
Put those monkeys back to bed!

OBERE ỤMỤ ENWE ISE

Obere ụmụ enwe ise na-awuli elu n'elu akwa ndina.
Otu dara kwo isi ya n'ala
Nne kpọrọ debia bekee,
Debia bekee wee si ka enwe kwụsị iwuli elu n'elu akwa ndina.

Obere ụmụ enwe anọ na-awuli elu n'elu akwa ndina.
Otu dara kwo isi ya n'ala
Nne kpọrọ debia bekee,
Debia bekee wee si ka enwe kwụsị iwuli elu n'elu akwa ndina.

Obere ụmụ enwe atọ na-awuli elu n'elu akwa ndina.
Otu dara kwo isi ya n'ala
Nne kpọrọ debia bekee,
Debia bekee wee si ka enwe kwụsị iwuli elu n'elu akwa ndina.

Obere ụmụ enwe abụọ na-awuli elu n'elu akwa
ndina.
Otu dara kwo isi ya n'ala
Nne kpọrọ debia bekee,
Debia bekee wee si ka enwe kwụsị
iwuli elu n'elu akwa ndina.

Otu obere enwe na-awuli elu n'elu akwa ndina.
O wee daa kwo isi ya n'ala
Nne kpọrọ debia bekee, debia bekee wee si
tinye enwe ahụ na-akwa ndina.

JOHNY JOHNY, YES PAPA

Johny, Johny,
Yes papa?
Eating sugar?
No papa.
Telling lies?
No papa.
Open your mouth
Ha ha ha!

JOHNY JOHNY O NNA M

Johny Johny,
Oo Nna m
Johny Johny
Oo Nna m.
Ịna-eri ihe n'asọ miri miri,
Mba Nna m.
Ịna-asi asi,
Mba Nna m.
Mepuo ọnụ gi,
Ha ha ha!

TEN IN THE BED

1. There were ten in the bed
And the little one said,
"Roll over! Roll over!"
So they all rolled over and one fell out

2. There were nine in the bed
And the little one said,
"Roll over! Roll over!"
So they all rolled over and one fell out

3. There were eight in the bed
And the little one said,
"Roll over! Roll over!"
So they all rolled over and one fell out

4. There were seven in the bed
And the little one said,
"Roll over! Roll over!"
So they all rolled over and one fell out

5. There were six in the bed
And the little one said,
"Roll over! Roll over!"
So they all rolled over and one fell out

6. There were five in the bed
And the little one said,
"Roll over! Roll over!"
So they all rolled over and one fell out

7. There were four in the bed
And the little one said,
"Roll over! Roll over!"
So they all rolled over and one fell out

8. There were three in the bed
And the little one said,
"Roll over! Roll over!"
So they all rolled over and one fell out

9. There were two in the bed
And the little one said,
"Roll over! Roll over!"
So they all rolled over and one fell out

10. There was one in the bed
And the little one said,
"Alone at last!"
"Good Night!"

IRI N'IME IHE NDIINA

Ha dịgbu iri n'ime ihe ndiina nke obere si tụgharịa! tụgharịa! ha niile wee tụgharịa otu wee dapụ.

Ha dịgbu itolu n'ime ihe ndiina nke obere si tụgharịa! tụgharịa! ha niile wee tụgharịa otu wee dapụ.

Ha dịgbu asatọ n'ime ihe ndiina nke obere si tụgharịa! tụgharịa! ha niile wee tụgharịa otu wee dapụ.

Ha dịgbu asaa n'ime ihe ndiina nke obere si tụgharịa! tụgharịa! ha niile wee tụgharịa otu wee dapụ.

Ha dịgbu isii n'ime ihe ndiina nke obere si tụgharịa! tụgharịa! ha niile wee tụgharịa otu wee dapụ.

Ha dịgbu ise n'ime ihe ndiina nke obere si tụgharịa! tụgharịa! ha niile wee tụgharịa otu wee dapụ.

Ha dịgbu anọ n'ime ihe ndiina nke obere si tụgharịa! tụgharịa! ha niile wee tụgharịa otu wee dapụ.

Ha dịgbu atọ n'ime ihe ndiina nke obere si tụgharịa! tụgharịa! ha niile wee tụgharịa otu wee dapụ.

Ha dịgbu abụọ n'ime ihe ndiina nke obere si tụgharịa! tụgharịa! ha niile wee tụgharịa otu wee dapụ.

Otu fọrọ n'ime ihe ndiina nke obere si "sọm nọzi" ka chi foo.

HUSH, LITTLE BABY

Hush, little Baby, don't say a word,
Mama's gonna buy you a Mockingbird.
And if that mockingbird don't sing,
Mama's gonna buy you a diamond ring.
And if that diamond ring turns brass,
Mama's gonna buy you a looking glass.
And if that looking glass gets broke,
Mama's gonna buy you a billy goat,
And if that billy goat won't pull,
Mama's gonna buy you a cart and a bull.
And if that cart and bull turn over,
Mama's gonna buy you a dog named Rover.
And if that dog named Rover won't bark,
Mama's gonna buy you a horse and a cart.
And if that horse and cart fall down,
You'll still be the sweetest
little baby in town.

MECHIE ỌNỤ NWATAKIRI

Mechie ọnụ nwatakili, ekwu na ihe ọbụna.
Nne ga-egotelụ gi nwa nnụnụ.
Ọbụrụ na nnụnụ ahu anaghi ekwe ukwe,
Nne ga egotelụ gi ọla edo mkpisi aka.
Ọbụrụ na ọna edo ahu emebie,
Nne ga-egotelụ gi nyọ.
Ọbụrụ na nyọ ahu a gbagie,
Nne ga-egotelụ gi nwa atụrụ.
Ọ bụrụ na nwa atụrụ ahu anaghi añyụ nsi,
Nne ga-egotelụ gi ugbo na ehi.
Ọ bụrụ na ugbo na ehi anaghi arụ ọrụ ha,
Nne ga-egotelụ gi nkita ana-akpọ Rover.
Ọ bụrụ na Rover anaghi agbọ ụja,
Nne ga-egotelụ gi nyinya na ụgbọ.
Ọ bụrụ na nyinya na ụgbọ ya a daa,
I ga-abụkwa obele nwa m
ji eme ọnụ n'ime obodo.

MISS POLLY HAD A DOLLY

Miss Polly had a dolly who was sick, sick, sick.
So she phoned for the doctor to come quick, quick, quick.
The doctor came with his bag and his hat,
And knocked at the door with a rat-a-tat-tat.
He looked at the dolly and shook his head,
And said "Miss Polly put her straight to bed.
He wrote a paper for a pill, pill, pill.
I'll be back in the morning with the bill, bill, bill.

NWADA POLLY NWE DOLLY

Nwada polly wee dolly
nke na-aria ọria, ọria, ọria.
O wee kpọ debia bekee ka ọbia
ngwa ngwa, ngwa ngwa, ngwa ngwa,
debia bekee ji akpa na okpu ya bia,
wee kuọ aka n'ụzọ rat-a-tat-tat.
O wee lee dolly ahụ anya fee isi ya si
"nwada polly dina ya ogologo n'elu ihe ndiina."
O wee dee akwụkwọ maka ọgwụ, ọgwụ, ọgwụ.
M ga abia n'ụtụtụ maka ụgwọ, ụgwọ, ụgwọ.

HOKEY POKEY

You put your left arm in,
Your left arm out:
In, out, in, out.
You shake it all about.
You do the hokey pokey,
And you turn around.
That's what it's all about!

HOKEY POKEY

I tinye aka-ekpe gi n'ime,
I wepụ aka-ekpe gi:
tinye, wepụ, tinye, wepụ.
I febe ya ebenile.
Ime hokey cokey maa tụgharị onwe gi.
Otu a ka osi dii!

THIRTY DAYS HATH SEPTEMBER

Thirty days hath September,
April, June and November;
All the rest have thirty-one,
Excepting February alone.
Which only has but twenty-eight days clear
And twenty-nine in each leap year.

ỤBỌCHỊ IRI ATỌ DỊNA SEPTEMBA

Ụbọchị iri atọ dịna Septemba,
April, june na Novemba;
Ndi ọzọ dị iri atọ na otu,
Mana february esogi,
Nke nwere ụbọchị iri abụọ na asatọ na
iri abụọ na itolu n'itu ukwu afọ.

A SAILOR WENT
TO SEA SEA SEA

A sailor went to sea, sea, sea,

To see what he could see, see, see.

But all that he could see, see, see,

Was the bottom of the deep blue sea, sea, sea.

A sailor went to sea, sea, sea,

To see what he could see, see, see.

But all that he could see, see, see,

Was the bottom of the deep blue sea, sea, sea.

ONYE ỌKWỌ ỤGBỌ MMIRI GARA N'OKÉ OSIMIRI

Onye ọkwọ ụgbọ mmiri gara n'oké osimiri,
Oké osimiri, oké osimiri,
Ka ọhụ ihe o nwere ike ịhụ. ịhụ, ịhụ.

Kama ihe o nwere ike ịhụ, ịhụ, ịhụ
Bụ ala oké osimiri miri-emi,
Oké osimiri, oké osimiri.

THIS LITTLE LIGHT OF MINE

This little light of mine
I'm going to let it shine
Oh, this little light of mine
I'm going to let it shine
This little light of mine
I'm going to let it shine
Let it shine, all the time, let it shine.

NWA OBERE ỌKỤ M A

Nwa obere ọkụ m a,
Aga m eme ka- oñwute.
Nwa obere ọkụ m a,
Aga m eme ka- oñwute.
Nwa obere ọkụ m a,
Aga m eme ka- oñwute.
Ka oñwute,
Oge ọbula, ka oñwute.

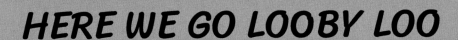

HERE WE GO LOOBY LOO

1. Here we go looby loo,
Here we go looby light,
Here we go looby loo,
All on a Saturday night.
You put your right hand in.
You put your right hand out.
You give your hand a shake,
shake, shake,
And turn yourself about.

2. Here we go looby loo,
Here we go looby light,
Here we go looby loo,
All on a Saturday night.
You put your left hand in.
You put your left hand out.
You give your hand a shake,
shake, shake,
And turn yourself about.

3. Here we go looby loo,
Here we go looby light,
Here we go looby loo,
All on a Saturday night.
You put your right foot in.
You put your right foot out.
You give your foot a shake,
shake, shake,
And turn yourself about.

4. Here we go looby loo,
Here we go looby light,
Here we go looby loo,
All on a Saturday night.
You put your left foot in.
You put your left foot out.
You give your foot a shake,
shake, shake,
And turn yourself about.

5. Here we go looby loo,
Here we go looby light,
Here we go looby loo,
All on a Saturday night.
You put your whole self in.
You put your whole self out.
You give your self a shake,
shake, shake,
And turn yourself about.

6. Here we go looby loo,
Here we go looby light,
Here we go looby loo,
All on a Saturday night.

EBE A KA-ANYI NA-AGA LOOBY LOO

Ebe a ka-anyi na-aga Looby loo
Ebe a ka-anyi na-aga Looby ìhè,
Ebe a ka-anyi na-aga Looby loo,
ha niile na abali satodee.
tinye aka nri gi n'ime.
wepụta aka nri gi.
fee aka gi jijiji, jijiji, jijiji
ma tụghari onwe gi.

Ebe a ka-anyi na-aga Looby loo
Ebe a ka-anyi na-aga Looby ìhè,
Ebe a ka-anyi na-aga Looby loo,
ha niile na abali satodee.
tinye ụkwụ ekpe gi n'ime.
wepụta ụkwụ ekpe gi.
fee ụkwụ gi jijiji, jijiji, jijiji
ma tụghari onwe gi.

Ebe a ka-anyi na-aga Looby loo
Ebe a ka-anyi na-aga Looby ìhè,
Ebe a ka-anyi na-aga Looby loo,
ha niile na abali satodee.
tinye aka nri gi n'ime.
wepụta aka nri gi.
fee aka gi jijiji, jijiji, jijiji
ma tụghari onwe gi.

Ebe a ka-anyi na-aga Looby loo
Ebe a ka-anyi na-aga Looby ìhè,
Ebe a ka-anyi na-aga Looby loo,
ha niile na abali satodee.
tinye onwe gi niile n'ime.
wepụta onwe gi niile
nye onwe gi jijiji, jijiji, jijiji
ma tụghari onwe gi.

Ebe a ka-anyi na-aga Looby loo
Ebe a ka-anyi na-aga Looby ìhè,
Ebe a ka-anyi na-aga Looby loo,
ha niile na abali satodee.
tinye ụkwụ nri gi n'ime.
wepụta ụkwụ nri gi.
fee ụkwụ gi jijiji, jijiji, jijiji
ma tụghari onwe gi.

Ebe a ka-anyi na-aga Looby loo
Ebe a ka-anyi na-aga Looby ìhè,
Ebe a ka-anyi na-aga Looby loo,
ha niile na abali satodee

THE ANTS GO MARCHING

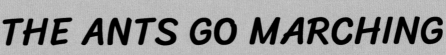

The ants go marching one by one,
hurrah, hurrah.
The ants go marching one by one,
hurrah, hurrah.
The ants go marching one by one,
The little one stops to suck his thumb.
And they all go marching down,
To the ground, to get out of the rain.
BOOM! BOOM! BOOM!

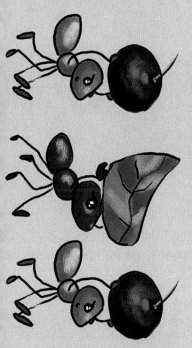

AHUHU N'EJE
IJE NA AHĮRĮ

Ahuhu n'eje ije na ahįrį ofu ofu,
hurrah, hurrah.
Ahuhu n'eje ije na ahįrį ofu ofu,
hurrah, hurrah.
Nke obere kwųsi ka ọ mịa amkpịsị aka ya.
Ha niile jere na-aga,
N'ime ala ka ha puọ n'mmiri ozuzo.
BOOM! BOOM! BOOM!

DO YOUR EARS HANG LOW?

Do your ears hang low?
Do they wobble to and fro?
Can you tie 'em in a knot?
Can you tie 'em in a bow?
Can you throw 'em o'er your shoulder
Like a Continental soldier?
Do your ears hang low?

NTI GI OKONYE NA-ALA?

Nti gi okonye na-ala?
Ha na-aga na alọta?
I wee ike ikechi ha?
I wee ike ike ha?
I wee ike ịtụsa ha na ubu gi?
Di ka onye agha afrika?
Nti gi okonye na-ala?

DOWN BY THE BAY

Down by the bay,
Where the watermelons grow,
Back to my home,
I dare not go,
For if I do,
My mother will say:
Did you ever see a goose,
Kissing a moose?
Down by the bay!

MGBADA N'ỌNỤMMIRI

Mgbada n'ọnụmmiri
Ebe anyụ na etoo
Laghachi n'ụlọ m
Agagim aga
Maka mụ ga
Nne m ga asi:
Ihụrụ ọgazị
N'esusu muusu ọnụ?
Na mgbada ọnụmmiri!

RAIN, RAIN, GO AWAY

Come again another day
Daddy wants to play
Rain, rain go away
Rain, rain, go away
Come again another day
Mommy wants to play
Rain, rain, go away
Rain, rain, go away
Come again another day
Brother wants to play
Rain, rain, go away
Rain, rain, go away
Come again another day
Sister wants to play
Rain, rain, go away
Rain, Rain, go away
Come again another day
All the family wants to play
Rain, rain, go away...

MMIRU OZUZO,
MMIRU OZUZO RAGHACHI AZỤ

Mmiru ozuzo, mmiru ozuzo raghachi azụ
Bia ọzọ ụbọchị ọzọ
Nna chọrọ igwu egwuregwu

Mmiru ozuzo, mmiru ozuzo raghachi azụ
Mmiru ozuzo, mmiru ozuzo raghachi azụ
Bia ọzọ ụbọchị ọzọ
Nne chọrọ igwu egwuregwu

Mmiru ozuzo, mmiru ozuzo raghachi azụ
Mmiru ozuzo, mmiru ozuzo raghachi azụ
Bia ọzọ ụbọchị ọzọ
Nwanne nwoke chọrọ igwu egwuregwu

Mmiru ozuzo, mmiru ozuzo raghachi azụ
Mmiru ozuzo, mmiru ozuzo raghachi azụ
Bia ọzọ ụbọchị ọzọ
Nwanne nwannyi chọrọ igwu egwuregwu

Mmiru ozuzo, mmiru ozuzo raghachi azụ
Mmiru ozuzo, mmiru ozuzo raghachi azụ
Bia ọzọ ụbọchị ọzọ
Ezinaụlọ niile chọrọ igwu egwuregwu

ITSY BITSY SPIDER

Itsy bitsy spider
Climbed up the waterspout;
Down came the rain
And washed the spider out;
Out came the sun
And dried up all the rain;
And the itsy bitsy spider
Climbed up the spout again.

ODUDO ITSY BITSY

Odudo itsy bitsy
Rigoro n'elu ebe mmiri;
Mmiri ozuzo wee bia
Sachapụ odudo ;
Añwu wee chapụta
Mịkpọ mmiri niile zoro ezo;
Itsy bitsy odudo
Wee rigoro n'elu ebe mmiri ahụ ọzọ

ABC SONG

A-B-C-D-E-F-G
H-I-J-K-LMNOP
Q-R-S
T-U-V
W and X
Y and Zee
Now I know my "ABCs"
Next time won't you sing with me?

ABỤ A B D

A -B CH D E F G GB GH GW H I Ị J
KP KW L M N Ñ NY NW O Ọ P Q R S SH T
U Ụ V W Y Z
Kịta a mago m A,B,CH.
I ga eso m gụọ mgbe ọzọ?

BAA, BAA, BLACK SHEEP

Baa, baa, black sheep,
Have you any wool?
Yes sir, yes sir,
Three bags full.
One for the master,
One for the dame,
And one for the little boy
Who lives down the lane.

BAA, BAA, ATỤRỤ OJII

Baa, Baa, atụrụ ojii
I nwere ajị anụ?
Eeh, eeh,
Akpa atọ juru eju
Otu bụ nke onye isi,
Otu bụ nke dame
Nke ọzọ bụ nke nwata nwoke ahụ
Bii na mgbada ebe ụzọ.

BINGO

There was a farmer who had a dog,
And Bingo was his name-o.
B-I-N-G-O
B-I-N-G-O
B-I-N-G-O
And Bingo was his name-o.
There was a farmer who had a dog,
And Bingo was his name-o.
(clap)-I-N-G-O
(clap)-I-N-G-O
(clap)-I-N-G-O
And Bingo was his name-o.
There was a farmer who had a dog,
And Bingo was his name-o.
(clap)-(clap)-N-G-O
(clap)-(clap)-N-G-O
(clap)-(clap)-N-G-O
And Bingo was his name-o.

BINGO

Enwere onye ọrụ ụgbo nke nwere nkita
Bingo bụ aha ya -o.
B - I - N - G - O
B - I - N - G - O
B - I - N - G - O
Bingo bụ aha ya -o.
Enwere onye ọrụ ụgbo nke nwere nkita
Bingo bụ aha ya -o
(kwọ)- I - N - G - O
(kwọ)- I - N - G - O
(kwọ)- I - N - G - O
bingo bụ aha ya -o
Enwere onye ọrụ ụgbo nke nwere nkita
Bingo bụ aha ya -o
(kwọ)- (kwọ)-N - G - O
(kwọ)- (kwọ)-N - G - O
(kwọ)- (kwọ)-N - G - O
Bingo bụ aha ya -o

RING AROUND
THE ROSIE

Ring a ring o' roses
(Ring Around the Rosie}
A pocketful of posies
a-tishoo, a-tishoo
We all fall down.

N'TỤGHARỊ N'EBE OSISI N'ESI NKE ỌMA

N'tụgharị n'ebe osisi n'esi nke ọma
akpa ụwe juru n'ihe ọma a tishoo,
a tishoo anyi niile wee daa n'ala

ROCK-A-BYE BABY

Rock-a-bye baby, on the treetops,
When the wind blows, the cradle will rock,
When the bough breaks, the cradle will fall,
And down will come baby, cradle and all.

KULU NWA N'AKA GI

Kulu nwa n'aka gi n'elu osisi.
Ikuru kwọ, ihe n'akpa nwa ya emeghari ahụ.
Ọ bụrụ na ọkpa ya agbagie ihe n'akpa nwa ga-ada.
Ozugbo nwa,
Ihe n'akpa ya na ihe niile ga-ada.

ROSES ARE RED

Roses are red
Violets are blue
Sugar is sweet
And so are you.

BILLIE ACHA ỌBARA ỌBARA

Rosu acha ọbara ọbara
Violet acha anụnụ anụnụ
Shụga di ụtọ
Otu a ka idi.

ROW, ROW, ROW YOUR BOAT

Row, row, row your boat,
Gently down the stream.
Merrily, merrily, merrily, merrily,
Life is but a dream.

KWỌ KWỌ KWỌ
ỤGBỌ MMIRI GI

Kwọ kwọ kwọ ụgbọ mmiri gi.
Nwayọọ baa na mmiri
Na-añụrị, na-añụrị, na-añụrị,
Ndụ bụ sọ nrọ.

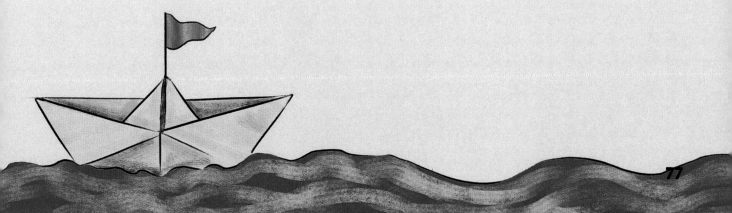

MY MOTHER

Who sat and watched my infant head,
When sleeping in my cradle bed,
And tears of sweet affection shed?
My Mother.

When pain and sickness made me cry,
Who gazed upon my heavy eye,
And wept for fear that I should die?
My Mother.

NNE M

Onye nọ ọdụ n'elekọta isi nwa ọhụrụ m,
Mgbe m nọ n'ehi ụra n'ime ihe ndiina m,
Akwa ụtọ mmetụta akwara?
Nne m.

Mgbe ụfụ na ọria mere m kwa akwa,
Onye hichapụ anya mmiri m
Nne m.

PARENTS LISTEN TO YOUR CHILDREN

We are the future of generation
Keep your silver and gold,
just give us sound education
Gold is good, silver is good.
They are not my prize
My prize is education,
education is my prize

NNE NA NNA GEE
ỤMỤ AKA ỤNỤ NTỊ

Nne na nna gee ụmụ aka ụnụ nti
Anyi bụ ọdịnihu ọgbọ
Dobe ọlaedo na ọlaọcha gi,
Nye anyi ezigbo agụmakwụkwọ dara ụda.
Ọlaedo di nma, ọlaọcha di nma.
Ha abụghi ụgwọ m,
Ụgwọ m bụ agụmakwụkwọ,
Agụmakwụkwọ bụ ụgwụ.

MARY HAD A LITTLE LAMB

Mary Had a little Lamb

Little Lamb, Little Lamb

Mary Had a little Lamb

Little Lamb, Little Lamb

Its fleece was white as Snow;

It Followed her to School One Day

Which was against the rules

It made the children laugh and Play

To see a lamb at school

MARY NWERE OBERE NWA ATỤRỤ

Mary nwere obere nwa atụrụ

Obere nwa atụrụ, obere nwa atụrụ x2

O soro ya gaa ụlọakwụkwọ otu ụbọchị

Nke a megide iwu.

O mere ụmụaka chịọchị ma gwuegwuregwu,
Ihụ nwa atụrụ n'ime ụlọakwụkwọ.

THE TIGER IS STALKING A PREY

Me-e-e-e!
The tiger is stalking a prey,
Me-e-e-e!
It is probable for it to make a catch,
Me-e-e-e!
It is improbable for it to make a catch,
Me-e-e-e!
It is unable to catch the prey,
Me-e-e-e!
The tiger's eyes are turning red,
Me-e-e-e!

AGU AHỤ NA ACHỤSO ANỤ

Me-e-e-e!
Agu ahụ na achụso anụ
Me-e-e-e!
O puru ibụ ka o jide ya
Me-e-e-e!
O nweghi ike ijide ya
Me-e-e-e!
On weghị ike ijide ya
Me-e-e-e!
Anya agu ahụ na-atụgari ọbara ọbara
Me-e-e-e!
Ọdụ agu ahụ na aghọ ikike.

EYES-CLOSED, EYES CLOSED EH!

Eyes-Closed, eyes closed Eh!
Eyes-Closed, Eyes-Closed Eh!
The eerie-one is coming Eh!
Stay out of sight Eh!
Should i open my eyes (my eyes) Open (them)?
Should i open my eyes (my eyes) Open (them)?
Open Open Open Open!

ANYA - MECHIE

Anya mechie Eh!
Anya - mechie, anya- mechie Eh!
Onye eerie na-abia Eh!
Puọ n'anya Eh!
Ka m mepe anya m (anya m) mepe (ha)?
Ka m mepe anya m (anya m) mepe (ha)?
Mepe mepe mepe mepe.

FRIENDS COME IN THREES

Friends come in threes
E-e-e-e-e-e-e-e-e-e!:
Friends come in threes
E-e-e-e-e-e-e-e-e-e!
One requests me to sleep on the mat
One requests me to sleep on the ground
One requests me to sleep on his chest
I peeked at the mat, and followed the one with chest
I've seen the sea; I've seen the lagoon
I've seen the sea, the chief among waters
Little palm-trees destroy fresh bamboos
As fledgling ladies destroy men.
The conspiracy in Ibadan has brought war to town,
I'm answering you, hope it is well
Well; it shall be well with us,
E-e-e-e-e-e-e-e-e-e!

ENYI NA ABIA NA-ATỌ

Enyi na abia na-atọ

E-e-e-e-e-e-e-e-e-e-e!:E-e-e-e-e-e-e-e-e-e-eh!

Otu rịọrọ ka m hie ụra na ute

Otu rịọrọ ka m hie ụra na ala

Otu rịọrọ ka m hie ụra na obi ya

M lee anya na ute ma soro nke jii obi

Ahụgo m oke osimiri, ahụgo m laguunu,

Ahụgo m oke osimiri, eze na etiti miri niile

Obere osisi nkwụ na ebibi achara ọhụrụ

Ka ọsọ nwannyi na ebibi nwoke

Izu ọjọọ agbara na mba ibadann enwetego agha na obodo,

A na m asa gi, akwa ọ di nma.

Ọga dịrị anyi nma.

E-e-e-e-e-e-e-e-e-e-e!:E-e-e-e-e-e-e-e-e-e-eh!

89

THREE FRIENDS ARE PLAYING

Three friends are playing, Playing full of excitement
One says he would climb the palm tree,
playing full of excitement
Palm climber, Palm climber, Palm climber,
Player full of excitement
Three friends are playing, playing full of excitement
One says he will shoot the sky, playing full of excitement
Sky shooter, sky shooter, sky shooter
Playing full of excitement, three friends are playing
One says he would swim across the sea
Playing full of excitement
Sea swimmer, sea swimmer, sea swimmer
Playing full of excitement!

NDI ENYI ATỌ NA EGWU EGWUREGWU

Ndi enyi atọ na egwu egwuregwu,
egwuri na njupụtara ọñụ
otu si na ọ ga-arị osisi nkwụ
egwuri na njupụtara ọñụ
ọrị nkwụ, ọrị nkwụ, ọrị nkwụ
egwuri na njupụtara ọñụ

Ndi enyi atọ na egwu egwuregwu,
egwuri na njupụtara ọñụ
otu si na ọ ga-agbaa igwe
egwuri na njupụtara ọñụ
ọgbaa igwe, ọgbaa igwe, ọgbaa igwe,
egwuri na njupụtara ọñụ

Ndi enyi atọ na egwu egwuregwu,
egwuri na njupụtara ọñụ
otu si na ọ ga-egwu gafee oke
osimmiri
egwuri na njupụtara ọñụ
ogwu mmiri, ogwu mmiri,ogwu
mmiri
egwuri na njupụtara ọñụ.

THIS IS THE WAY

This is the way we wash our face,
wash our face, wash our face
This is the way we wash our face, early in the morning
This is the way we brush our teeth,
brush our teeth, brush our teeth:
This is the way we brush our teeth, early in the morning
This is the way we brush our hair,
brush our hair, brush our hair
This is the way we brush our hair, early in the morning
This is the way we wear our clothes,
wear our clothes, wear our clothes
This is the way we wear our clothes, early in the morning

OTU A KA ANYI SI

Otu a anyi si asa ihu anyi,
asa ihu anyi, asa ihu anyi,
otu a anyi si asa ihu anyi,
n'isi ụtụtụ.

Otu a ka anyi si eyi akwa anyi,
eyi akwa anyi, eyi akwa anyi
otu a ka anyi si eyi akwa anyi,
n'isi ụtụtụ.

Otu a ka anyi si asa eze anyi,
asa eze anyi, asa eze anyi
otu a ka anyi si asa eze anyi,
n'isi ụtụtụ.

Otu a ka anyi si abọ ntutu anyi,
abọ ntutu anyi, abọ ntutu anyi.
otu a ka anyi si abọ ntutu anyi,
n'isi ụtụtụ.

DAYS OF THE WEEK AND MONTHS OF THE YEAR

Monday, Tuesday, Wednesday
Thursday, Friday, Saturday and Sunday
January, February, March
April, May, June
July, August, September
October, November, December

ỤBỌCHỊ NKE IZU ỌNWA OLE NA NKE AFỌ

Mọnde, Tusde, Wenezde,
Tọsdee, Fraide, Satọde, Sọnde.
Jenụwarị, Febụwarị, Machị,
Eprel, Mee, Juun,
Julaị, Ọgọst, Septemba,
Ọktọba, Nọvemba, Disemba.

IF YOU ARE HAPPY
AND YOU KNOW

You know how happy you are, raise your hand x2
You know how happy you are and you want to show it
You know how happy you are

You know how happy you are to sit down x2
You know how happy you are and you want to show it
You know how happy you are to sit down x2

You know how happy you are, stand up x2
You know how happy you are and you want to show it
You know how happy you are, stand up x2

You know how happy you are, say hurrah x2
You know how happy you are and you want to show it
You know how happy you are and say hurrah.

Ị MARA OBI DIGI ỤTỌ KWỤ AKA

Ị mara obi digi ụtọ kwụ aka x2
Ị mara obi digi ụtọ na ị chọrọ ịgosi ya
Ị mara obi digi ụtọ kwụ aka

Ị mara obi digi ụtọ nọdụ ala x2
Ị mara obi digi ụtọ na ị chọrọ ịgosi ya
Ị mara obi digi ụtọ nọdụ ala x2

Ị mara obi digi ụtọ bilie ọtọ x2
Ị mara obi digi ụtọ na ị chọrọ ịgosi ya
Ị mara obi digi ụtọ bilie ọtọ x2

Ị mara obi digi ụtọ tie hurrah x2
Ị mara obi digi ụtọ na ị chọrọ ịgosi ya
Ị mara obi digi ụtọ tie hurrah.

BOUNCY BABY

Bouncy baby, Bouncy baby
I will place you on my right arm and dance with you
Bouncy baby, Bouncy baby
I will place you on my left arm and dance with you
Bouncy baby, Bouncy baby

NWA ỌHỤ, NWA ỌHỤ

Nwa ọhụ, Nwa ọhụ,
Aga m ekusa gi na aka nri m anyi agba egwu
Nwa ọhụ, Nwa ọhụ,
Aga m ekusa gi na aka ekpe m anyi agba egwu
Nwa ọhụ, Nwa ọhụ,

CHILDREN GROW UP SO QUICKLY

Children grow up so quickly
Children grow up so quickly
Children grow up so quickly
I will tenderly nurture my child
Children grow up so quickly

ỤMỤAKA NA-ETOLITE ỌSỊSỌ

Ụmụaka na-etolite ọsịsọ
Ụmụaka na-etolite ọsịsọ
Ụmụaka na-etolite ọsịsọ
Aga m eji obi nwayọ zụlite nwa m
Ụmụaka na-etolite ọsịsọ.

STANDARD LIVING

Standard living,
standard living
I am a doctor in my country,
some of you know me well,
if you look me up and down.
You will know that is is true.
I am a lawyer in my country.
some of you know me well,
If you look me up and down you
will know it is true.

IBI NDỤ DỊ NDỤ

Ibi ndụ dị ndụ, ibi ndụ dị ndụ
abụ m dibia bekee na obodo m,
ufodu n'ime unu maara m nke oma,
ọ bụrụ na ị lee m anya elu na ala
ị ga ama na ọbụ eziokwu.

abụ m onye ọkàiwu na obodo m,
ufodu n'ime unu maara m nke oma,
ọ bụrụ na ị lee m anya elu na ala
ị ga ama na ọbụ eziokwu.
sandalili sandalili x8

UNDER THE LIME TREE

Under the lime tree
Thats where we play all day
We are happy
And we are healthy
Under the lime tree

N'OKPURU OSISI OROMA NKỊRỊSỊ

N'okpuru osisi oroma nkịrịsị
Ebe ahu ka anyi na egwu egwu ụbọchị niile
Ọbi di anyi ụtọ
Ahu gbasiri anyi ike
N'okpuru osisi oroma nkịrịsị.

MY SHOES WILL MAKE A RICH "KO KO KA" SOUND

My shoes will make a rich "ko ko ka" sound
My shoes will make a rich "kokoka" sound
If I study hard for school
My shoes will make a rich "kokoka" sound!
My shoes will make a dragging "se re re" sound
My shoes will make a dragging "se re re" sound
If I don't study hard for school
My shoes will make a dragging "se re re" sound.
My shoes will make a rich "ko ko ka" sound
My shoes will make a rich "kokoka" sound
If I study hard for school

AKPỤKPỌ ỤKWỤ M GA-EME ỤDA KO KO KA

Akpụkpọ ụkwụ m ga-eme ụda ko ko ka
Akpụkpọ ụkwụ m ga-eme ụda ko ko ka
Akpụkpọ ụkwụ m ga-eme ụda ko ko ka
Ọ bụrụ na m gụsie ike maka ụlọ akwụkwọ
Akpụkpọ ụkwụ m ga-eme ụda ko ko ka
Akpụkpọ ụkwụ m ga-adọkpụpụta ụda se re re
Akpụkpọ ụkwụ m ga-adọkpụpụta ụda se re re
Ọ bụrụ na m gụsie ike maka ụlọ akwụkwọ
Akpụkpọ ụkwụ m ga-adọkpụpụta ụda se re re
Akpụkpọ ụkwụ m ga-eme ụda ko ko ka
Akpụkpọ ụkwụ m ga-eme ụda ko ko ka
Ọ bụrụ na m gụsie ike maka ụlọ akwụkwọ
Akpụkpọ ụkwụ m ga-eme ụda ko ko ka

RAIN PLEASE FALL

Rain please fall
You are refreshing
Plants cannot grow if you do not fall
Corn cannot grow if you do not fall
I cannot be healthy if you do not fall
I cannot have enough to eat

MMIRI BIKO ZO

Mmiri biko zo
Ị na-enye ume ọhụrụ
Osisi agha ghi eto ọ bụrụ na ị zo ghi
Ọka agha ghi eto ọ bụrụ na ị zo ghi
Aga gi m enwe ahu ike ọ bụrụ na ị zo ghi
Enweghị m ike iriju nri
Ọ bụrụ na ị zo ghi.

WHO IS IN THE GARDEN

Who is in the garden?
Who is in the yard?
One small kid
Can I come see her?
No don't come and look,
come here and follow me.

ONYE NỌ N'UBI

Onye nọ n'ubi
Obere nwatakịrị
Enwe m ike ihụ ya?
Mba abiakwala lee bia soro m

MONÍNÍ MONÍNÍ

Monini Monini
I met an old person at the river,
and pleaded for water to drink,
He refused to offer me the water to drink,
I went to work hard, and I went to work
Tirelessly,
like a nursing mother scooper,
thirsty ones are all around!
Hide yourself ooooooo
Hide yourself ooooo hey!!!
Anyone caught by the invisible gods,
will be destroyed
S/he will be destroyed...

MỌNỊNỊ MỌNỊNỊ

Mọnịnị Mọnịnị
Ezutere m agadi nwoke na osimiri rịọ ya mmiri
o jụ inye m mmiri ka m añụ
agara m ọrụ, agara m ọrụ
dị ka nne na-enye nwa ara
ndị akpịrị na-akpọ nkụ gbara gburugburu
zobe onwe gị ooooooo
zobe onwe gị ooooo hey!!!
Onye ọ bụla chi na-adịghị ahụ anya jidere,
ọ ga-ebibi ya, ọ ga-ebibi ya
Mọnịnị

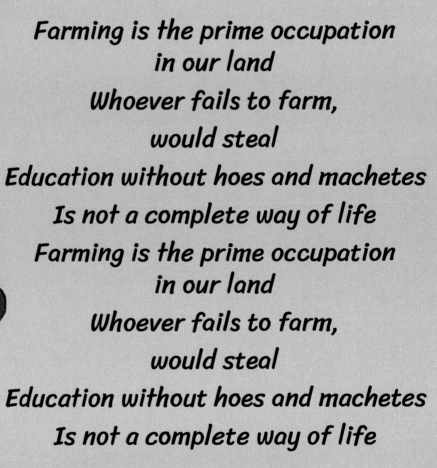

FARMING IS THE OCCUPATION IN OUR LAND

Farming is the prime occupation
in our land
Whoever fails to farm,
would steal
Education without hoes and machetes
Is not a complete way of life
Farming is the prime occupation
in our land
Whoever fails to farm,
would steal
Education without hoes and machetes
Is not a complete way of life

ỌRỤ UGBO BỤ ỌRỤ KACHA MKPA N'ALA ANYỊ

Ọrụ ugbo bụ ọrụ kacha mkpa n'ala anyị
Ọrụ ugbo bụ ọrụ kacha mkpa n'ala anyị
Onye ọbụla jụrụ ikọ ugbo, ga ezu ohi
Agụmakwụkwọ n'enweghị ọgụ na nma
Ọ bụghị ụzọ ndụ zuru oke.

MOTHER MOTHER MY CALABASH HAS PUT ME IN TROUBLE

Mother, mother, my calabash has put me in trouble
Mother, mother, my calabash has put me in trouble
The calabash that I use to fetch water, I do not know when it fell!"
The calabash that I use to fetch water, I do not know when it fell!"
Am I to follow the calabash, or am I to leave it here and come home?
Am I to follow the calabash, or am I to leave it here and come home?
Should join the pot or should I live it and go
Should join the pot or should I live it and go

NNE, NNE,
UDU'M A LAPUTA'M O!

Nne, nne, udu'm a laputa'm o!"

"Nne, nne, udu'm a laputa'm o!

Nne, nne, udu'm a laputa'm o!

Udu'm na echu mmiri na ama maro'm mbe a dara

Udu'm na echu mmiri na ama maro'm mbe a dara

Obulu'm s'olu udu, ma obulu I hapu udu n'aba?

Obulu'm s'olu udu ma obulu I hapu udu n'aba"

SAY IT SHALL GO WELL, IT SHALL GO WELL NOW

Say it shall go well, it shall go well now
Say it shall go well, it shall go well now
it shall go well, it shall go well now.

OKEREKE OKEREKE DU DU YA YA

Okereke okereke du du ya ya
Okereke okereke du du ya ya
Okereke Okoroafor du du ya ya

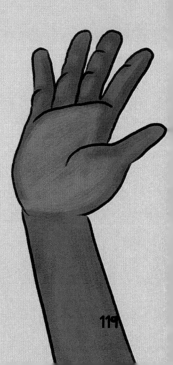

WHO WILL BE MY FRIEND

Who will be my friend?
Who will be my friend?
Who will be my friend?
Who will be my friend.
I have seen my friend
I have seen my friend
I have seen my friend
Who will be my friend.

KEDU ONYE GA BỤ ỌYỊ MU

Kedu onye ga a bu oyi mu
Kedu onye ga a bu oyi mu
Onye ga a bu oyi mu
Afugo mu oyi mu
Afugo mu oyi mu
Afugo mu oyi mu
Onye ga a bu oyi mu

LET NO ONE LOOK BEHIND

Let no one look behind,
a big masquerade is behind us,
Let no one look behind,
a big masquerade is behind us,
If anyone looks back,
the masquerade will flog the person,
A, B, C, D, 1, 2, 3, 4,
we shall eat akpu and say
"mummy thank you"

ONYE ENENA ANYA N'AZU

Onye enena anya n'azu,
Nnekwu mmanwu na-abia anyi n'azu
Onye enena anya n'azu,
Nnekwu mmanwu na-abia anyi n'azu
Onye nee anya n'azu,
Mmanwu apia ya utari
A, B, C, D, 1, 2, 3, 4,
Anyi ga-ebiri utara si mama tankiyu

ODE TO AN EAGLE

If you ever get close to the Eagle,
do show some respect,
For that is a rare encounter!
Do you know that:
An Eagle nests on the Iroko tree - a
rare giant tree!

Other birds would make a bath
of the Eagle's wash-hand water!
The King of Birds remains adorable
with magnificent plumage!

For you, beautiful or not, the world
would notice!
Beautiful, ugly or adorable as an
Eaglet
The King of Birds remains adorable
with magnificent plumage!

OTUTO UGO

Onye huru Ugo jaa ya mma
na anaghi ahu ugo daa!
I ma n'ugo bere n'oji bere n'oke osisi!
Ugo bere n'oji bere n'oke osisi

Mmiri ugo jiri kwuo aka
ka ugbala jiri saa ahu
Eze nw'ugo amaka
Ugbene nw'ugo amaka

I mara mma e...uwa ga-ekwu okwu
I joro njo ee...uwa ga-ekwu okwu
I mara mma e, I joro njo e,
I na-acha ka nw'ugo
Eze nw'ugo amaka
Ugbene nw'ugo amaka

WHO UPSET
THE CRYING BABY?

Who upset the crying baby?
The hawks upset the crying baby
Bring some uziza leaves
and some pepper
Bring the spoon for dishing
Let the birds feast on it
So that they will have hiccups
Oh hawk, Oh hawk